KB043173

또 하나의 나

또 하나의 나

1판 1쇄 : 인쇄 2021년 05월 03일
1판 1쇄 : 발행 2021년 05월 07일

지은이 : 이명순
펴낸이 : 서동영
펴낸곳 : 서영출판사

출판등록 : 2010년 11월 26일 제 (25100-2010-000011호)
주소 : 서울특별시 마포구 월드컵로 31길 62
전화 : 02-338-0117 팩스 : 02-338-7160
이메일 : sdy5608@hanmail.net

그 림 : 박덕은
디자인 : 이원경

ISBN 978-89-97180-95-0 04810
ISBN 978-89-97180-00-4(set)

오늘의 詩選集 **45**

또 하나의 나

이명순 시집

2021·서영

이명순 시인의 첫 시집 출간을 축하하며

하루는 그림 그리는 데 필요한 도구를 사러 다니다, 우연히 도자기 재료 도매상점에 들르게 되었다. 온화한 미소를 지은 한 여인이 아주 친절하게 안내해 주고 설명해 주었다.

대화 도중 혹시 시를 써 본 적이 있느냐고 물었다. 그때 그녀는 미소 지으며, 수줍게 노트 한 권을 내밀었다. 거기에는 낙서들이 사색들과 수다를 떨고 있었다. 그 낙서들이 오늘 이렇게 그녀를 시인의 길로 들어서게 해주었다.

그 만남 이후 꾸준히 한두 편씩 시를 써서 카톡으로 보내왔고, 나는 그에 대한 시평을 간략히 해주었다. 그게 쌓이다 보니, 어느덧 그녀는 시인이 되어 있었고, 신인문학상을 받아 시인으로 문단에 데뷔하게 되었고, 내친김에 이렇게 시집까지 발간하게 되었다.

이보다 더 멋스런 일이 세상에 또 있을까. 이게 행복한 여생이라는 생각이 드니, 나도 덩달아 기쁨과 보람을 느낀다.

자, 그러면 이명순 시인의 시 세계로 들어가, 고요히 감상해 보도록 하자.

어머니 젖가슴 같은
씨알 하나 땅속에 묻고
몽달처럼 긴 꽃대 쑥 올려
뜨겁게 탄 가슴 토해내는 꽃술
그리워 애타는 가슴에 꽂힌 사랑
한 지붕 두 살림 그리움이 맺혀
애달픈 사랑가 서글프게 부른다.

- [상사화] 전문

이 시에서의 시적 화자는 상사화와 하나되어 노래하고 있다.

어머니 젖가슴 같은 씨알 하나 땅속에 묻고 기다린다. 어느덧 몽달처럼 긴 꽃대 쑥 올리더니 뜨겁게 탄 가슴을 토해내는 꽃술에 행복해 한다. 하지만, 그리워 애타는 가슴, 거기 꽂힌 사랑 때문에 그리움의 시간이 지속된다.

한 지붕 두 살림을 했던 그 옛 추억이 다가와 애달픈 사랑가를 부르게 하고, 감당 못할 만큼의 무게로 그리움이 맺혀 짓누른다.

기존의 상사화 시와는 사뭇 다른 분위기로 접근하고, 묘사해 내는 솜씨가 수준급이다. 멋진 시인으로 발돋움하고 있는 이명순 시인, 앞으로의 시들이 더욱 기대가 된다.

백발이 성성해도
아직은 못다 핀 청춘인데

싹 트며 불러주는 이름에
슬픔이 가슴속 헤집는다

서러움 움켜쥔 속마음
햇볕에 바래어 가고

외로움 토닥이며 걸어가는
길동무가 그립다

찾아오는 이도 없지만
수줍은 미소로 옛 노래 부른다

고운 천에 빨갛게 물들며
목에 갇힌 숨 몰아쉬고

은어의 비늘처럼
은빛 솜털 쭈삣 서고

그리움 삼킨 입술
촉촉이 이슬 적시고

시원한 바람 줄기마다
너울너울 웃음 고이고

세상살이 허무함
달래고 삭히며 사느라

봄이 벌써 저만치
가는 줄도 몰랐구나.

- [할미꽃] 전문

이 시에서의 시적 화자는 할미꽃에 자신을 이입시킨다.

백발이 성성해도 아직은 못다 핀 청춘이 할미꽃이다. 할미꽃은 싹 틀 무렵부터 자신에게 이미 붙여진 꽃이름에 꽤나 불만이다. 슬픔이 가슴속을 헤집을 만큼.

서러움 움켜쥔 속마음마저 햇볕에 빛바래 간다. 때론 외로움 토닥이며 걸어가는 길동무가 그립기도 하다. 찾아오는 이 없는 외딴 구석, 하루는 수줍은 미소로 옛 노래를 부르며 허전한 마음을 달래 본다.

고운 천에 빨갛게 물들이며, 목에 갇힌 숨 몰아내며, 은빛 솜털 쭈삣 세우며, 그리움 삼킨 입술은 촉촉이 이슬로 적시며, 시원한 밤에 너울너울 웃음 날리며, 허무함은 달래고 삭히며 살다 보니, 봄이 저만치 가는 줄도 모른다.

한적한 곳에 피어 있는 할미꽃과 시적 화자를 동일시 여기면서, 표현해 내는 이미지 시가 독자의 시선을 은은히 사로잡고 있다.

속 비어
시원한 마음 거칠 데 없고

날 때부터 비워내어
더 채울 것도 없다

마디 마디 품은 소리
사랑가로 토해내고

하늘 하늘 춤사위
휘어질 듯 다시 온다

사시사철 푸른 잎
무슨 꽃인들 부러울까

잎사귀에 청정 이슬 받아
살포시 씻은 뒤

새순처럼
청빛 팔랑이며

맑은 대숲에
사랑의 햇살 아낌없이 나눠 준다.

- [대나무] 전문

이 시에서의 시적 화자는 대나무 찬가를 부르고 있다.

속 비어 시원한 마음 거칠 데 없어 좋다. 날 때부터 비어 있어 살면서 더 채울 필요도 없다.

마디 마디 품은 소리는 사랑가로 토해내니 좋고, 하늘 하늘 춤사위 휘어질 듯 다가오니 아름답다. 사시사철 푸르니 무슨 꽃인들 부럽겠는가. 이파리에는 청정 이슬 받아 살포시 씻고 새순처럼 청빛 팔랑이며 살아가면서, 이따금 길손들에게 맑은 대숲에 머무른 사랑의 햇살 아낌없이 나눠 주며 살아가는 대나무가 참 좋다.

대나무 예찬, 대숲 예찬이 곧 시적 화자의 내면 고백처럼 들린다. 이런 대나무처럼 살고 싶은 시적 화자, 이런 대나무처럼 살면서 시를 쓰고 싶어하는 시인, 모두 멋스럽고 우아하다.

칠십여 인생살이
술잔에 담으니

붉게 타는 노을
잔 속에 타들어 가고

눈도 노을이고
마음도 노을이련가

주름진 내 남은 인생 중
가장 젊은 날
노을에 곱게 물들어 간다.

- [노을에 물든 인생] 전문

이 시에서의 시적 화자는 인생 노년의 삶을 시로 묘사해 내고 있다.

칠십여 인생살이를 술잔에 담는 배짱, 붉게 타는 노을이 다가와 함께 불태운다. 그때 눈도 마음도 가슴도 노을이 된다. 가만히 내려다보니, 주름진 인생, 앞으로 살아갈 인생, 지금 놓여진 이 인생 중 가장 젊은 날이 오늘 바로 지금인 것을 깨닫는다.

그 깨달음도 노을과 함께 불탄다. 이윽고, 노년의 삶도, 지금의 인생도, 노을도 함께 붉게 타고 있다. 무엇보다도 더이상 슬퍼하지 않고, 앞으로 다가오는 인생을 담담하게 즐겁게 행복하게 받아들이며 살 것 같은 예감이 든다. 그러면 됐다. 그만하면 됐다. 그 깨달음이 있는 한 실패한 삶이 아니니까.

난 꽃보다

네가 좋아

햇볕에서 일하느라
까맣게 탄 얼굴에
미소 포근한 어머니가
거기 서 있어서

평소에도
항상 너를 생각해

땀방울이 주르르
등 타고 내릴 때도

손 깊숙이 집어 넣어
젖가슴 만지면
너의 따스한 정이 흐르곤 했지

출렁이는 검은 파도는
낮부터 밤까지 꽃이 피었고

젖냄새 나는 잔 속의 그 향은
오래 전부터 포로로 잡혀 버렸지.

- [커피 · 2] 전문

이 시에서의 시적 화자는 꽃보다 커피가 좋다고 고백한다.

왜 그럴까? 햇볕 아래서 일하느라 까맣게 탄 얼굴, 거기에 미소 포근한 어머니가 서 있기 때문이다. 평소에도 항상 커피를 생각한다. 왜? 땀방울 주르르 등 타고 내릴 때도 손 깊숙이 집어넣어 젖가슴 만지면 느껴지는 그 따스한 정이 커피 속에는 흐르고 있기 때문이다.

인생을 뒤돌아보면, 출렁이는 검은 파도가 늘 위협했고, 낮부터 밤까지 괴롭혔지만, 젖냄새 나는 잔 속의 그 커피향은 오래 전부터 마음을 사로잡고 놓아 주지 않았다. 그런 커피, 그런 커피향이 좋다. 늘 함께하고 싶다. 영원히 친구처럼 같이 가고 싶다.

시적 화자의 커피 찬가는 밤새워 이어질 듯하다.

눈맞춤 인사 끝나면
두툼한 입술의 강 건넌다

뜨거운 잔이 입술 깨물어
검게 익어 간다

눈길 마주치는 그 좁은 사이로
향이 끼어들어 넋두리한다

뜨겁게 잡는 손 안에

머리카락 같은 질긴 파닥거림이 노닌다

발목 붙잡고 스며든 찻잔 속 추억
언제 보아도 깊은 맛 없는다.

- [커피 · 3] 전문

이 시에서의 시적 화자는 커피 입장에서 사물을 내려다보고 있다. 눈맞춤 인사를 끝내고 나면 두툼한 입술의 강을 건너야 한다.

뜨거운 잔이 입술 깨물 때는 검게 익어 간다. 눈길 마주치는 그 좁은 사이로 커피향이 끼어들더니 넋두리를 시작한다. 뜨겁게 잡은 손 안에는 머리카락 같은 질긴 파닥거림이 노닐고, 덩달아 발목 붙잡고 스며든 찻잔 속 추억이 슬며시 다가와 깊은 맛을 얹어 놓는다.

언제나 그렇다. 커피 한 잔 마시는 동안, 느낌과 분위기와 향과 맛을 동시에 포착해 내고 있는 솜씨가 놀랍다. 아주 세련되어 있고, 이미지 구현이 자연스러워 감칠맛이 난다. 시의 특질 쪽에 아주 가까이 다가가 시향과 손잡고 속삭이는 듯하다. 훌륭한 시인의 길을 걸어갈 것 같아, 믿음직스럽고 부럽다.

엄마는 바다다
치맛자락 잡고 어리광부리면

부엌에서는 뭔가 꼭 나온다

염전은
하얀 메밀꽃처럼 흐드러져
반짝반짝 빛난다

비상을 준비하는 독수리 모습
새파란 생금밭은
나비처럼 날아 돌아오고

배가 끌고 온
바다 내음은
짭조롬한 맛 깊은 향 품는다

항구 없는 마을에 퍼붓는 물결
굼실굼실 출렁거리는 파도
각자의 집으로 퍼 간다

숙성된 파도가
고향을 잊어 갈 때
옛 향기 담은 추억 깨워

간장 담그고

김칫감도 절여서
날마다 바다의 추억 먹고 살아간다.

-[비금도] 전문

이 시에서의 시적 화자는 엄마에 대한 회상을 시적 형상화로 꾸며 놓고 있다.

어린 시절 엄마 치맛자락을 잡고 어리광부리면 부엌에서 뭔가가 나왔다. 하얀 메밀꽃처럼 흐드러져 반짝이는 염전, 거기서도 비상을 준비하는 독수리가 있다. 새파란 생금밭으로 나비처럼 돌아오는 향수가 있다. 거기엔 배가 끌고 온 바다 내음도 있다.

짭조름한 맛 깊은 향을 품고 있는 내음. 거기 마을 사람들은 출렁거리는 파도를 각자의 집으로 퍼 가지만, 숙성된 파도는 고향을 점차 잊어 간다. 항구 없는 마을에서, 향기 담은 추억 깨워 간장도 담그고 김칫감도 절여서 날마다 바다의 추억을 먹고 살아간다.

고향을 떠나 외지로 떠나 지내면서도 향수에 젖어 살아가는 현대인의 모습을 아련한 향수로 그려내고 있는 시, 이런 시를 쓰는 이명순 시인이 새삼 소중해 보인다.

방어막 하얗게 겹겹이 쌓아놓고
칼바람 앞세우는 겨울 끝

저만치서 너울너울
바람과 그네 뛰는 버들 아씨

가지마다
고운 연둣빛 물고 서 있다

개나리 노랑빛
밤새워 물어오는 물안개

흐드러지게 핀 들꽃들의 향기
두루 퍼지는 들녘

풀꽃잎 한 잎 두 잎
곱게 접어

그리운 님에게
꽃 편지를 보내면

제비가 답장 물어오겠지
우체통도 꽃인 양 덩달아 단장한다.

- [봄 · 1] 전문

이 시에서의 시적 화자는 봄이 오는 길목에 서서 봄을 따스한 눈길로 관찰하고 있다.

방어막 하얗게 겹겹 쌓아놓고 칼바람 앞세우던 겨울을 이겨내고, 저만치서 너울너울 바람과 그네 뛰고 있는 버들, 가지마다 연둣빛 물고 있는 모습이 사랑스럽다.

개나리 노랑빛은 밤새워 물안개 물어오고 있고, 흐드러지게 핀 들꽃 향기는 들녘 저 멀리까지 두루 퍼지고 있다. 시적 화자는 풀꽃잎 한 잎 한 잎 곱게 접어 그리운 님에게 꽃편지를 보낸다. 그리고 소망한다. 부디 제비가 답장 물어오기를. 그러자, 우체통도 꽃인 양 단장하기 시작한다.

동심처럼 아름답게 배경을 이루고 있는 시심, 그 안에서 펼쳐지는 선명한 이미지 구현은 시의 맛과 멋을 한껏 느끼고 즐기게 해준다.

큰 등에
물비늘 반짝반짝

파도가 부서진다
매번 저리 스러져 가도
다시 되온다

출렁이는 물살에
모래들의 속삭임 지난 자리
새들의 발자국으로 지우고

밤새 자장가로 재운다

기다림의 시간은
끝없이
얼룩진 묵은 향만 전한다

갯바위에 부딪혀 부서지고
깨진 아픔을
파도 소리로 토해내어

되살아온 추억 그리며
철썩철썩
사랑 노래 구성지게 부른다.

- [바다 · 1] 전문

이 시에서의 시적 화자는 바닷가에 서서 파도를 바라보고 있다.

파도의 큰 등에 물비늘이 반짝거리고, 파도는 부서졌다가 다시 되오길 반복한다. 출렁이는 물살에 모래들이 속삭이고, 그 속삭임이 지난 자리는 새들의 발자국으로 지운다. 그리고는 밤새 자장가로 재운다.

기다림의 시간은 얼룩져 묵은 향만 전하지만, 갯바위에 부딪혀 부서지고 깨진 아픔은 파도 소리로 토해내 버린다. 되살아온 추억을 그리며 철썩 철썩 사랑 노래를 구성지게 부르며 지낸다.

바닷가에서 님을 기다리는 시적 화자의 내면과 아픔과 쓸쓸함이 피부로 와 닿아 느껴진다. 그 미묘한 감성도 전해져 울컥 그리움에 휩싸인다. 독자와 공감하고 독자와 어우러지는 감성, 그 감성 속으로 시의 생명력이 꿈틀댈 수 있다면 더 이상 바랄 게 없을 것이다.

주섬주섬 챙겨든 손
꽃물이 들어간다

아지랑이 들로 내려오고
산과 들은
파릇파릇 살이 오른다

아이들이
재잘재잘 나물 캐러 가면
햇살이 어린 손등에
입맞춤해 주며 술래잡기한다

낮잠 자던 개구리
부스스 눈뜨더니
헐떡대며 파닥파닥 뛰어간다

밭고랑에 들꿩
소란스럽게 푸드득
소리 치며 날아오르자
아이들 깜짝 놀라 넘어진다

보랏빛 제비꽃
수줍은 미소 짓고
덩달아 피어나는 들꽃들이
매운 바람에 향기 실어 보낸다

이제 곧
강남 제비도
옛집 찾아오겠지.

- [봄 오는 길] 전문

이 시에서의 시적 화자는 봄이 오는 길에 서 있다.

주섬주섬 챙겨든 손에 꽃물이 들어간다. 아마 이 꽃 저 꽃 만져보고 향기 맡아 보고 꽃에 향기에 봄에 취해 있나 보다.

아지랑이가 들로 내려오고 있고, 산과 들은 파릇파릇 살이 오르고 있는 길목, 아이들이 재잘거리며 나물 캐러 가고, 햇살은 아이들의 손등에 입맞춤해 주기도 하고 술래잡기 놀이도 한다. 낮잠 자던 개구리는 부스스 눈뜨자마자 헐떡대며 뛰어가고, 발고랑에 숨어 있던 들꿩은 소란스레 날아오른다. 그 소리에 놀란 아이들이 깜짝 놀라 넘어지고 만다. 보랏빛 제비꽃은 수줍은 미소 짓고 있고, 그 주위에 피어난 들꽃들이 바람에 향기 실어 보내며 즐거워한다.

시적 화자는 눈길을 들어 강남 제비를 찾는다. 이제 곧 옛집을 찾아올 강남제비만 오면 봄맞이 끝, 참으로 한가롭고 정겨운 정경이 아닐 수 없다.

이 모든 걸 시 속에 담아내는 이명순 시인, 오래 오래 건강하게 살아, 행복한 여생을 보내길 기원한다.

지금까지 이명순 시집 속에 담겨 있는 시 몇 편을 독자반응비평으로 감상하며 음미해 보았다.

전반에 흐르고 있는 섬세한 감성이 독자들에게 다가와 대화하거나 속삭이고 있다. 이미지 구현을 통해 선명한 그림을 그려 독자 앞에 시의 밥상을 차려 놓으니, 감상의 맛도 좋고 행복하다.

시는 이렇듯, 선명한 이미지로 시의 밥상을 차려 놓을 필요가 있다. 그러면서, 이왕이면 참신한 발상, 즉 낯설게 하기, 새로운 해석을 내놓으면 더 멋질 것이다. 뿐만 아니라, 리듬을 살려 낭송할 때 입안에 착착 감기는 시어 배치를 하면 더욱 멋질 것이다. 그러면서도, 읽고 나면 머리에서 등줄기로 훑고 내려가는 감동, 감흥이 있다면 더 바랄 게 없을 것이다.

이명순 시들이 이러한 시의 특질에 가까이 접근해 있고,

또 독자의 감성에 전율을 주고 행복을 안겨 주고 있어 고무적이다. 앞으로도 꾸준히 창작하여, 이미지 시를 모아, 참신한 해석의 시를 모아, 그리고 감동을 주는 시를 모아, 제2, 제3 시집을 펴내기를 바란다.

이제부터, 행복하고 신나는 여생의 시작, 이게 이명순 시인에게 주어졌으면 좋겠다. 언제든, 어느 곳에서건 시를 쓰고 시를 읊는 성숙하고도 우아한 시인으로 오래 오래 우리 독자들 곁에 남아 주었으면 좋겠다.

– 봄맞이로 열린 박덕은 그림 전시회 한켠에서 백목련을 바라보며

한실문예창작 지도 교수 박덕은

(전전남대 교수, 문학박사, 시인, 문학평론가, 동화작가, 수필가, 화가)

작가의 말

그동안 저는 시가 무엇인지 상상도 못하고 살았습니다. 그러던 어느 날, 시의 무게도 모르고 무작정 펜을 들었습니다.

시의 길이 보이지 않아 눈앞이 깜깜할 때면 자식들이 보고 있는 것 같아 주저앉을 수 없어 다시 시에 매달렸습니다.

나의 롤 모델인 어머니에게 감사를 드립니다.

가끔씩 썼던 일기 속에는 문학적 감성이 묻어나기도 했지만 막상 시라는 것을 쓰려니 무엇이 무엇인지도 몰라 어려웠습니다. 손녀와 손주 앞에서 포기란 있을 수 없었습니다. 무조건 써 보기로 마음을 먹었습니다. 그렇게 하다 보니 한 편 두 편 쌓여 시집으로 엮게 되었습니다.

동생댁이 격려와 지지라는 명분으로 저를 내몰듯이 탐스런 문학회에 나가게 했습니다. 그곳에서 배움을 하고 문학에 눈을 뜨며 하나하나 알아가고 있습니다.

핸드폰 속의 사이버 사전과도 친구처럼 도란도란 이야기를 나누고 있습니다. 이제는 제법 시라는 글자도 다정하게 다가옵니다.

가르침을 주신 박덕은 박사님과 문학의 선배 문우님들께 깊이 감사드립니다. 모든 분들께 고마움을 전하며 이 책을 엮어 주신 서영출판사에게도 감사드립니다.

특별히 작은아들이 도움을 많이 주어서 고맙다는 말을 전합니다. 큰아들은 저를 주위 사람들에게 자랑하여서 쑥스럽기도 하지만 흐뭇하기도 합니다. 딸과 사위, 손녀 손주도 제게 큰 힘이 되었습니다. 멀리서 응원해 준 조카들과 질부에게도 고마움 한아름 안겨 드립니다.

사랑합니다.

봄비가 촉촉이 내리는 날 서재에서
-이명순

祝詩

이명순

박덕은

고요로 빙 둘러싸인
호숫가에서
나래짓을 배운 뒤

햇귀보다 더 먼저
산모롱이 돌아
사색의 터 잡았다

시간의 질곡마다
이해로 끈 매달아
징검다리 건넜다

눈보라 속에서도
눈물겨운 달음질
멈추지 않았다

다시 일으킨 시작은
도자기 가마가
품어 주었고

잘게 부서진 여백은
시심 자락이
꿰매 주었다

이제 소나무처럼
한 언덕배기
아름드리 그루터기로 남아

긴 여생의 줄기
찬란하고도 신비로이
곧추세우고 있다

한 땀 한 땀
미적 가치의 바늘로
감성의 수를 놓으며.

차 례

1장 — 상사화

2장 — 그대 생각이 나면

3장 — 봄 오는 길

또 하나의 나

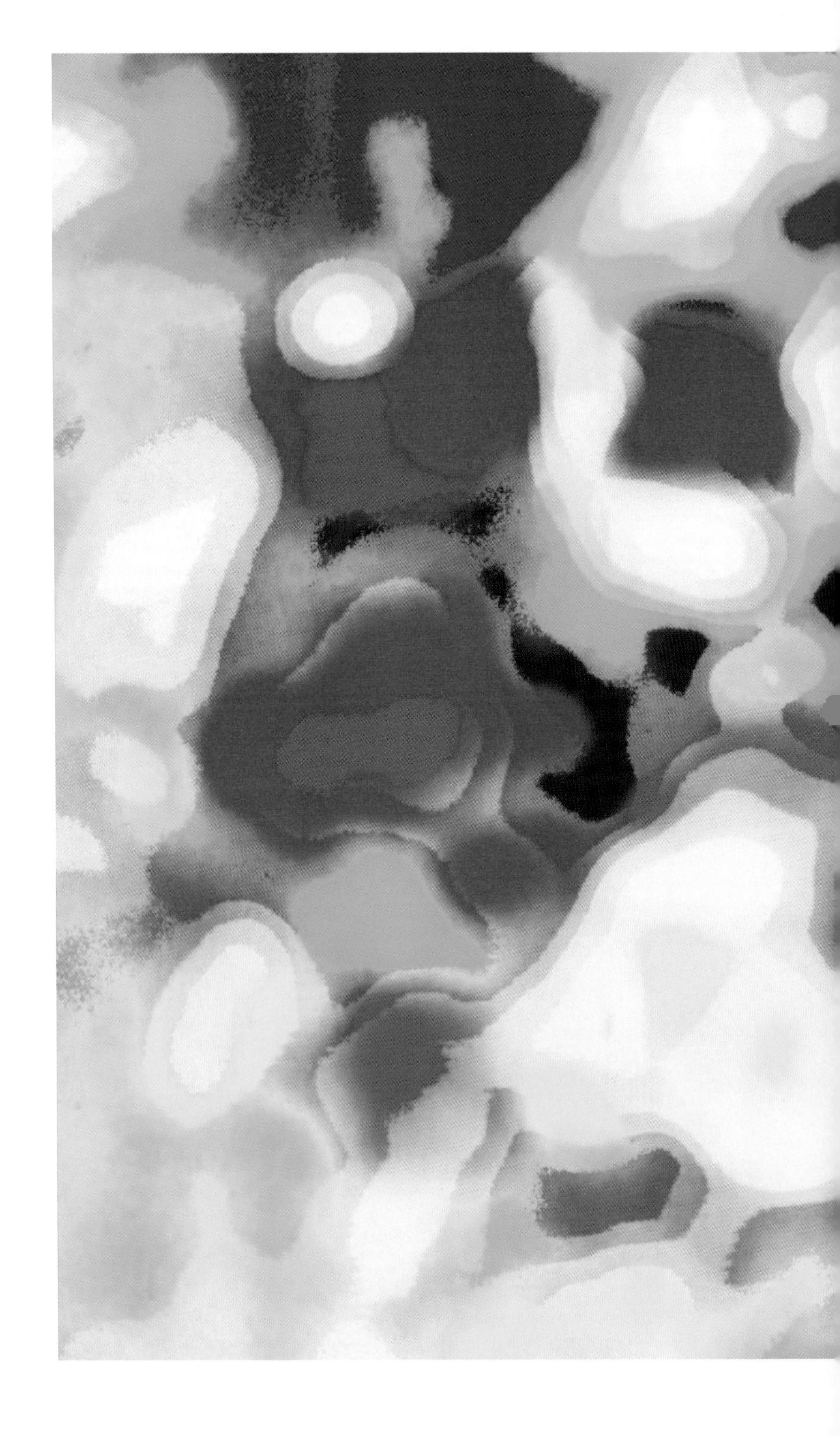

제1장 상사화

박덕은 作 [그리움 속 풍경](2021)

동백꽃 · 1

이른 봄바람 불어와
설렘으로 무작정 떠난 길
해남 땅끝 항구
뱃고동 울리며
미끄러지듯 바다를 향한다

푸른빛으로
삶의 터전 여기저기
술렁이고 있다

남은 한 자락만
윤슬로 반짝이며
금실금실 소곤거리며 따라온다

톡톡 튀는 물결에
영롱한 별빛 내려앉고
출렁이는 배는 텅 빈 객실 끌고
노화도 항구에 짐 푼다

보길도 꽃길은
아직 이른 탓이런가
봉오리 민낯을
이파리 사이로 숨겨 놓고 있다

삼월 중순쯤 만개할 거라는
민박집 주인의 꽃 이야기
허무함으로 무너지는 아픈 소리

씁쓸한 맛 달래려
하얀 미소 짓고 있는데
철썩철썩 파도 소리만
가슴 깊이 파고든다.

박덕은 作 [동백꽃·1](2021)

동백꽃·2

열정이 피고 지는
내 고향 남쪽 동산
겨울엔 곱게 피어
노란 속 드러내는 꽃
그리워 기다리다
찾는 발길 없으면
서러워 송이째 뚝 떨어져
말 못한 가슴만 붉게 물들인다.

박덕은 作 [동백꽃·2](2021)

단풍

그리움 사무쳐
뒤척이는 이 한밤

뜨거운 열정을
빨간 입술로 불태워

다시 또 돌아올
기약 없는 허무마저

가슴속 깊은 곳까지
불태우다 떨어져

흐르는 산개울로
너울너울 춤추며 가리.

박덕은 作 [단풍](2021)

목련

희고 흰 박꽃처럼
메마른 가지마다 피어
면사포 쓴 신부처럼 곱다

부처님 고운 정 그리워
자비의 손길 기다리는
아련함

향기는 바람 따라
하늘하늘 나비춤 추고
목련잠 새긴 금빛
황홀히 햇살에 눈부시고

목필로 쓴 사연
우정으로 맺은 정
두 손 잡고 봄 노래 부른다.

박덕은 作 [목련](2021)

메밀꽃밭

밤하늘 별똥별 모아
이곳에 펼쳤나 봐
싸라기 꽃송이 송알송알 매달아
산들산들 바람에 흔들리는 몸짓
화려한 꽃도 진한 향기도 없이
사색 즐기는 발길 따라
한 마리 나비 되어 노니는 꽃밭.

박덕은 作 [메밀꽃밭·1](2021)

상사화

어머니 젖가슴 같은
씨알 하나 땅속에 묻고
몽달처럼 긴 꽃대 쑥 올려
뜨겁게 탄 가슴 토해내는 꽃술
그리워 애타는 가슴에 꽂힌 사랑
한 지붕 두 살림 그리움이 맺혀
애달픈 사랑가 서글프게 부른다.

박덕은 作 [상사화](2021)

영춘화

움츠림 벗어 던져 버리고
이른봄 찾아온 노란 미소

꽃보다 봄이
먼저 피었다

눈 날리는 추위
견디고 견뎌

초봄 문
활짝 열어젖히고

꽃은 벌써
노랗게 물들어 아름답다.

박덕은 作 [영춘화](2021)

홍매화 · 1

봄소식 눈 속에 넣어 보낸 편지
빈 가지마다 쑥쑥 내민
저 붉은 입술

따스한 햇살이
바람에 실려와
봉오리마다 내려앉는다

활짝 핀 꽃송이
향기 그윽하여
발걸음 모여드는 곳

티 없이 맑은 미소와
하얀 눈의 청아함
찰칵찰칵 담는 소리

겹겹이 쌓이는 환호성에
외로움이

모처럼 활짝 웃는다.

박덕은 作 [홍매화·1](2021)

홍매화·2

전혀 어울리지 않을 것 같은
서로 꼭 잡은 손

화선지에 물들여 놓은 듯
곱게 피었다

낭창한 가지마다
어울림이 선연히 그린 그림

따스한 바람 타고
그윽하게 향이 묻어난다

하얀 홑이불 살포시 덮어
시린 발 감싸 준다

머리에 눈꽃 이고 햇귀에 불그레
새색시 얼굴마냥 곱다.

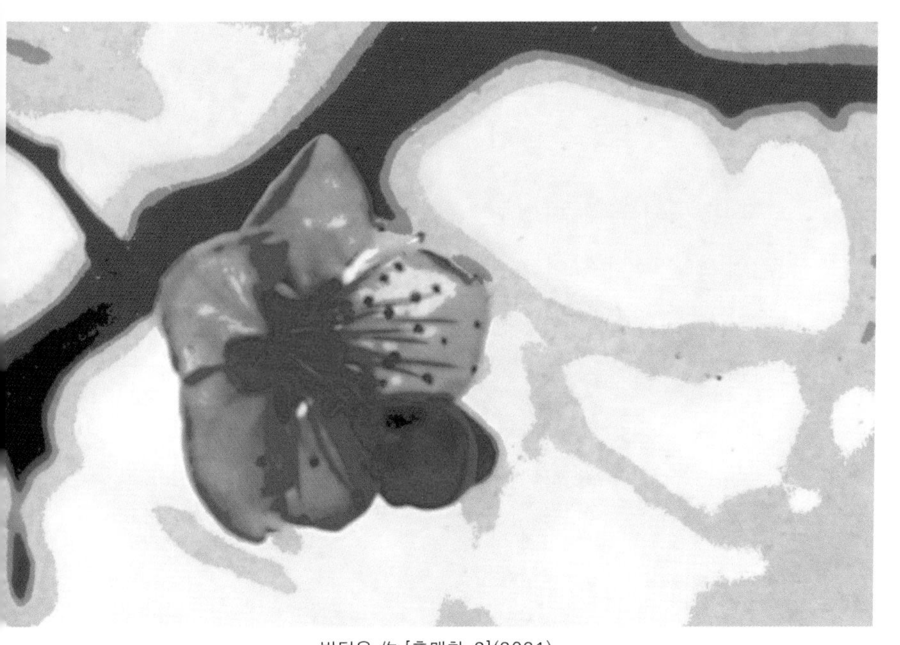

박덕은 作 [홍매화·2](2021)

눈꽃

먹은 맘
내게 준 선물
억새의 야윈 모습처럼
눈물겹다

무등산에 눈꽃 피면
입석대 다시 찾아
보석보다 아름다운 눈꽃
안아 보리

생각만 해도 벅찬
눈 쌓인 무등산
비록 향기 없어도
눈꽃이 나는 좋더라.

박덕은 作 [눈꽃](2021)

박꽃

밤이면 초가지붕 위에
소복처럼 하얗게 꽃핀다

별들이 쏟아질 것처럼
그렇게 하얗게

숯덩이 밤을 밝히는
할머니 머리처럼 새하얀 꽃

추석쯤이면 보름달 빛에
둥글게 도란도란

박들이 가을 노래 부르니
내 머리 위에도
새하얗게 피어 있다.

박덕은 作 [박꽃](2021)

얼음꽃

잎 지는 가지마다
투명하게 입은 옷

아침 햇살에 눈부셔
흐르는 눈물

몸부림치는 아우성으로
움트려는 연한 푸르름

대롱꽃 가지에 곱게 피어
눈빛 머금은 별처럼
영롱하게 반짝 반짝

산 정상에 피어
더욱 고운 유리옷 던져 놓으면
새벽바람이 수정옷 입힌다.

박덕은 作 [얼음꽃](2021)

메밀꽃

바람 살랑이는
산발에
춤추는 꽃

취하듯 흔들 흔들
밀려오고 밀려가는
백사장 파도처럼 철썩 철썩

달빛 쏟아지는
고요 속 설움
만장처럼 펼치고서

아침을 찾아오는
햇살 조명등이
동녘 하늘 벌겋게 물들인다

오늘도 싸락 눈물
온 들에

하얀 이야기꽃 피우겠다.

박덕은 作 [메밀꽃밭·2](2021)

석류

살랑살랑
흔들리는 봉오리들
꽃비녀 가지마다
노을빛 총총 매달아 놓는다

뜨거운 여름날 견디고
태풍 몸부림치던 날
상흔 다독 다독

영글어 가는 햇살 담고
아침 이슬로 곱게 쓰다듬어
알들을 주머니 속 깊숙이 담고

빨갛게 달군 수줍음
바람이 툭 건드리니

보석들을 세상 향해
소복 소복 쏟아낸다

새콤한 향기가
저리 익어 가듯.

박덕은 作 [석류](2021)

노송 그네

남산재 넘는 고개
무슨 사연 잊으랴만은

지나간 어린 시절
노송에 동아줄 매어
오르락내리락 그네 뛰고
깔깔깔 재잘재잘 웃던
그 모습

정 여미여
동아줄에 매여
놀이터 되어 주던
그 노송

지금도
그 추억에 얽힌 꿈 잊지 못해
아이들 기다리다 눈먼 닭처럼
온 동네 두루 살피고 있다.

박덕은 作 [노송·1](2021)

대나무

속 비어
시원한 마음 거칠 데 없고

날 때부터 비워내어
더 채울 것도 없다

마디 마디 품은 소리
사랑가로 토해내고

하늘 하늘 춤사위
휘어질 듯 다시 온다

사시사철 푸른 잎
무슨 꽃인들 부러울까

잎사귀에 청정 이슬 받아
살포시 씻은 뒤

새순처럼
청빛 팔랑이며

맑은 대숲에
사랑의 햇살 아낌없이 나눠 준다.

박덕은 作 [대숲](2021)

노송

동산에 키 큰 나무
고향 지키고 있다

아이들 노랫소리
들리는 듯 아득하고

은빛 물결 반짝이는 골목길은
느린 몸짓으로 마을 지키고 있다

바람은
나무에 엉겨붙어 가지 흔들다
시냇물 소리 따라 떠나간다

아이들 웃음소리 꽉 차 있던 동산이
주인 잃은 서러움으로 구슬피 울면

밤마다
별들이 놀러와서 달래 준다.

박덕은 作 [노송·2](2021)

12월에 피는 개나리

동백꽃이
빨간 입술 내미는 밤
숨차게 달려와서
안개비에 입술 적시고
활짝 웃고 있다

반갑고 어여쁜
너를 만나니
설렌 가슴이 시려 온다

울타리 밑 노란 병아리
어미 따라 일렬로 나란히
날개 펴고 뛰고
파란 이파리
콕콕콕 귀여운 모습

그 안타까움이
눈에 밟히는 순간

그리움이 쑤욱 움튼다.

박덕은 作 [개나리](2021)

풀잎

소곤소곤 까르르
바람에 쓰러져도

아침이슬 달콤한 맛
정으로 나누며

뚜벅뚜벅 발자국 소리에
살포시 고개 들어

울부짖는
외로움.

박덕은 作 [풀잎](2021)

사랑초 · 1

이슬 내려앉아
촉촉이 젖은 볼

긴 꽃대 연보라 꽃
고이 접어 맺은 정

행여나 가신 님이
되돌아올까

짝사랑의 그리움이
가슴 깊이 파고들어

속눈썹 젖은 눈이
밤 지새우고

먼 산의 여명이
동쪽 하늘 깨우니

화들짝 놀란 가슴
나비 되어 나는

하룻밤의
꿈.

박덕은 作 [사랑초·1](2021)

사랑초·2

그리움이
구름처럼 퍼져 나가는
이 밤

나풀나풀
자주색 이파리가
나비처럼 난다

붉게 물든 가슴
활활 태워
별빛으로 쏟아진다

연보랏빛 저고리
눈물 적실까
등 다독이더니

살며시 고개 숙인 눈가에
이슬이 맺혀

진주처럼 방울 방울.

박덕은 作 [사랑초·2](2021)

할미꽃

백발이 성성해도
아직은 못다 핀 청춘인데

싹 트며 불러주는 이름에
슬픔이 가슴속 헤집는다

서러움 움켜쥔 속마음
햇볕에 바래어 가고

외로움 토닥이며 걸어가는
길동무가 그립다

찾아오는 이도 없지만
수줍은 미소로 옛 노래 부른다

고운 천에 빨갛게 물들며
목에 갇힌 숨 몰아쉬고

은어의 비늘처럼
은빛 솜털 쭈뼛 서고

그리움 삼킨 입술
촉촉이 이슬 적시고

시원한 바람 줄기마다
너울너울 웃음 고이고

세상살이 허무함
달래고 삭히며 사느라

봄이 벌써 저만치
가는 줄도 몰랐구나.

박덕은 作 [할미꽃](2021)

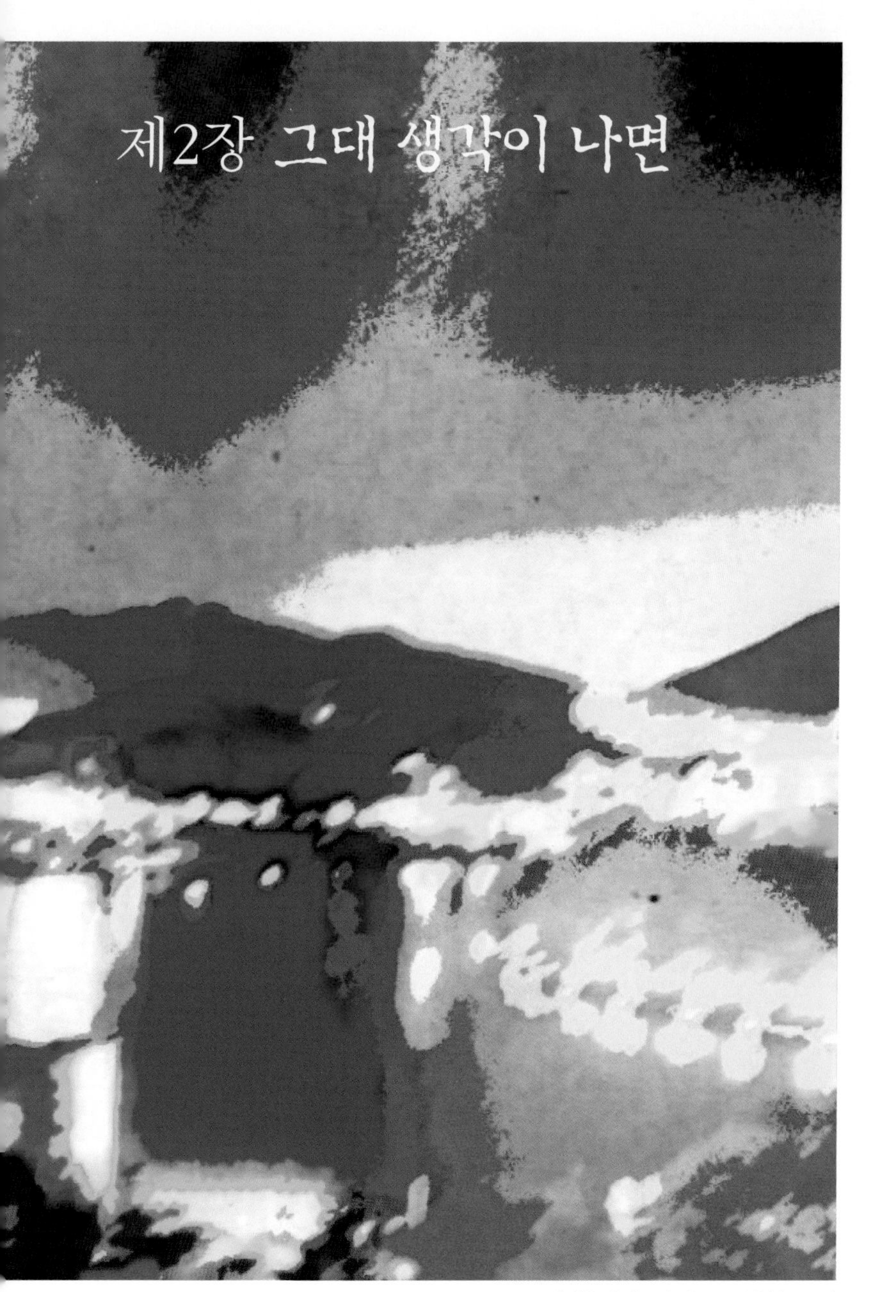

박덕은 作 [노래하는 그리움](2021)

그대 생각이 나면

바라볼 수 없는 슬픔이
가슴 아프게 하고

준비 없는 이별처럼
텅 빈 가슴에
그리움만 쌓이게 하고

세월의 강물을 붙잡을 수 없듯
살아온 세월만큼 추억도 많아
웃음 반 울음 반의 세월을 삭혀야 하고

언젠가 그 언젠가
미소가 아름답게 피어
꽃처럼 익어 가리.

박덕은 作 [그리움의 자리](2021)

찻집에서

숲이 우거진 창가
뜨거운 입술 포개며
커피향 마신다

지그시 눈감고
행복했던 그날 떠올리며
미소 지을 때

포플러 잎이 따다닥
바람에 리듬 타고
고요 깨운다

잔의 따스함이
식어 가고 있을 때
구름 한 점
바람에 실려 떠나간다.

박덕은 作 [그 찻집](2021)

소망한다

말문이 앞뒤로 꽉 막히는 날
시간은 말없이 흐르고
나는 책상에서 벌떡 일어나
발길 옮겨 뜨락 몇 바퀴 돌며
중얼거린다
시간은 돈이라는데
돈보다는 친구이기를
걱정은 무슨 걱정
주름진 얼굴도 흰머리도
젊었던 그날도 돌려주기를
행복했던 그날이 다시 돌아오기를
시간은 나와 친구이기를.

박덕은 作 [행복했던 그날](2021)

나의 2020년

딸랑 한 장의 종이만 매달려
생각에 잠겨 있다

지나 버린 열한 달의 숫자 앞에서
무슨 일을 했으며 못한 일은 무엇인지

고즈넉이 뒤돌아봐도
기억은 설레설레 고개를 흔들 뿐

하루하루 힘든 시간 앞에
주눅들려 지낸 머릿속

희미한 가로등 밑 거닐며
달랑달랑 흔든다

눈앞 호수에 그려지는 마지막 달
거기 매달리는 허무한 아쉬움들.

박덕은 作 [가로등](2021)

도자기

도공의 혼 담아
올망졸망 빚으니
꽃보다 예쁜 모습

아기자기 문양 따라
자태도 따사로워
휘어져 승천하는 용의 형상
생동하여 느낌도 감미롭고

불기운 혼을 담아
새 생명 얻어
얼굴도 가지 가지
보는 느낌도 가지 가지

이름은 다르지만
불러 주는 이름 따라
도공의 정성이 불어넣는 생명은
밤하늘 별을 수놓는 듯 찬란하다.

박덕은 作 [도자기](2021)

사랑

말 못할 가슴속
꼭꼭 담으면

같이 살 것도 아닌 것들이
속속들이 고개 들고

스치는 눈미소는
말없이 전하는 마음

눈감고 귀 막아도
말이 들리는 건
마음이 살아 있기 때문

붙잡지 않아도
돌아서는 건
정 깃든 가슴이 있기 때문.

박덕은 作 [사랑](2021)

어머니

헌 고무신
황톳빛으로 물들고
안개가 산기슭 물고
하늘 오를 때

머리 위 바구니 속은
도란도란 속삭이며
춤춘다

마중 나간 어린 딸이
붙잡고 어리광 부리면
몰아쉬는 숨소리가
아리랑 고개 넘어간다

땀에 찌든 삼베 적삼
어지간히 말랐건만
젖가슴 내음은 콧속 깊이 스며든다

지금도

그 내음

바람에 스며 온다.

박덕은 作 [어머니](2021)

목도리

동짓달 긴긴밤
외로움 둘 곳 없어
서성이던 발걸음
멈춰 선다

망설이고 주저하다
돌아본
그 세월

그리움
한 올 한 올 정 담고
한 땀 한 땀 떠서
고이 접어 두었다가

님이 오시는 날
맨발로 마중 나가
사랑한다 수줍은 말 대신
살포시 걸어 줄까.

박덕은 作 [목도리](2021)

길동무

늘 셋이 가던 아침 운동
오늘은
혼자서 길 나선다

그 길이
왠지
익숙하지 않다

혼자보다는
동무가 있어
좋았구나

숲은 아직 숨바꼭질 중이고
그림자 벗삼아 가려 하니
잠 못 깨어 그냥 간다

셋이서 걸을 때는
농담 주고받으며

웃음보따리 좌르르 풀었는데

혼자는
너무 팍팍하다
물이라도 한 잔
마셔야겠다.

박덕은 作 [길동무](2021)

주름살

나목은 속으로 나이가 들고
사람은 얼굴로 나이를 먹는다

부끄러워할 것도
미워할 것도 아닌 삶의 증표

살아온 세월의 굴곡 마디마디
역사로 간직한 수고의 대가

이 세상에서 신명나게 잘 놀고
열심히 잘 살고 나서

사랑하는 가족과 벗에게
이별 고할 때

훈장으로 가지고 갈 나이테
곱게 다듬어 웃음과 함께 가져가리.

박덕은 作 [주름살](2021)

나의 아침

숲은 아직 꿈속인가
무언의 어둠 꽉 잡고
멀리 가로등 깜빡깜빡
졸음에 흔들려

홰치는 닭 울음소리
동녘하늘 벌겋게 달구고
여명 사이로
동창이 밝아 온다

깍깍 까치의 아침 인사에
그때서야 가로등이 잠든다

미로 같은 길 따라
빙빙 도는 발걸음
이제는 돌아갈 시간
오늘도 행복한 하루의 시작.

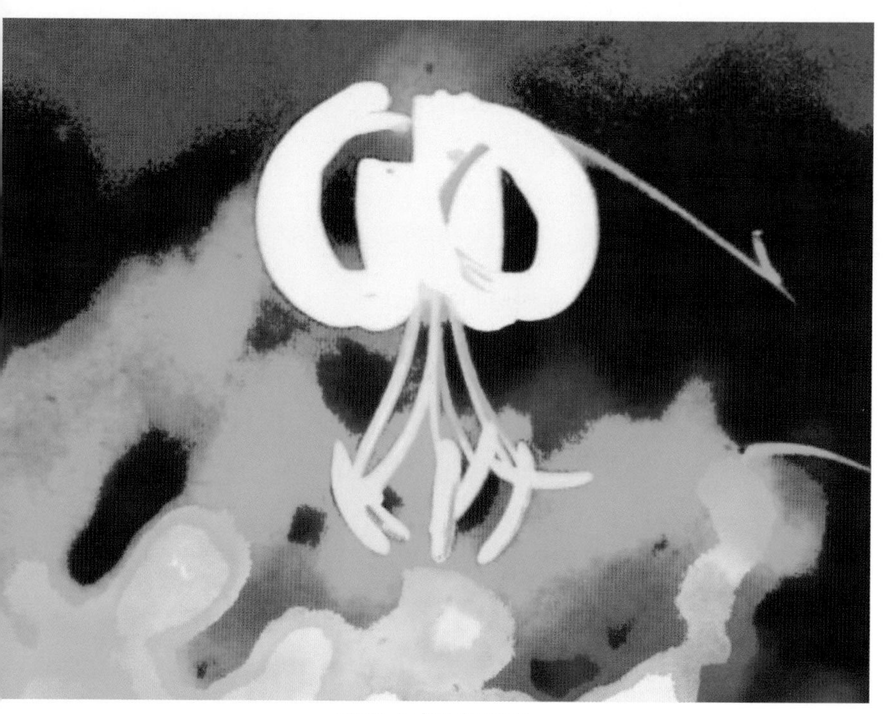

박덕은 作 [행복](2021)

산행

푸른 내음에 이끌려
산으로 간다

이슬에 젖은 풀잎마다
앉아 있는 새벽
깨우는 바람
날 듯이 숲속으로 앞서 달린다

언덕배기 오르내리며
마음의 씨앗 하나
꼭꼭 심어놓고

단풍잎 곱게 물들면
그때 다시
산에 꼭 올라보리.

박덕은 作 [산행](2021)

하얀 머리 소녀

호수의 푸른빛에
실바람 소요 인다

열정이 반짝이는
그런 뜨거운 가슴은 아닐지라도

수줍은 소녀의 꿈 펴 보이려
쓰고 또 써 본 글 구기다 편다

간절한 소망은 아닐지라도
꿈꾼 아름다움이 꽃으로 승화되길 빈다.

박덕은 作 [호수](2021)

어느 찻집에서

우두둑 쏟아지는
소나기에 쫓겨

조그마한 찻집 문을
살며시 열어 발 들여놓으니

와르르 커피향이
나를 향해 쏟아진다

미소로 반기며
몸 깊숙이 묻은 채

감미로움과 달콤함에
촉촉이 젖어든다

잠시 후
열기는 사라지고

빈 찻잔에

그리움만 수북이 쌓여 간다.

박덕은 作 [찻잔](2021)

노을에 물든 인생

칠십여 인생살이
술잔에 담으니

붉게 타는 노을
잔 속에 타들어가고

눈도 노을이고
마음도 노을이련가

주름진 내 남은 인생 중
가장 젊은 날
노을에 곱게 물들어 간다.

박덕은 作 [노을](2021)

커피 · 1

사색은
밤 지새며
이야기하고 있어
붓글씨 연습도 하고 있어

갓 꺼낸 종이의 향이
불길처럼 일어나
내게 달려온다

뜨거운 잔을 잡으면
사르르 정 흐르는 걸 느껴

까맣게 덧칠해 쓴 글씨는
사랑한다고 썼나 봐

하루라도 만나지 못하면
못 살 것 같은 너
머리는 달콤한 맛을 늘 기억하고 있나 봐.

박덕은 作 [커피·1](2021)

커피·2

난 꽃보다
네가 좋아

햇볕에서 일하느라
까맣게 탄 얼굴에
미소 포근한 어머니가
거기 서 있어서

평소에도
항상 너를 생각해

땀방울이 주르르
등 타고 내릴 때도

손 깊숙이 집어넣어
젖가슴 만지면
너의 따스한 정이 흐르곤 했지

출렁이는 검은 파도는
낮부터 밤까지 꽃이 피었고

젖냄새 나는 잔 속의 그 향은
오래 전부터 포로로 잡혀 버렸지.

박덕은 作 [커피·2](2021)

커피·3

눈맞춤 인사 끝나면
두툼한 입술의 강 건넌다

뜨거운 잔이 입술 깨물어
검게 익어 간다

눈길 마주치는 그 좁은 사이로
향이 끼어들어 넋두리한다

뜨겁게 잡는 손 안에
머리카락 같은 질긴 파닥거림이 노닌다

발목 붙잡고 스며든 찻잔 속 추억
언제 보아도 깊은 맛 없는다.

박덕은 作 [커피·3](2021)

커피·4

까만 눈동자에
동그란 얼굴 내밀고
살랑살랑 옷자락 휘날리며
성큼성큼 봄처녀 다가온다

따사로운 향기는
그리움 찾아
몽글몽글 퍼져 위로 오르고

뜨거운 입맞춤
달콤한 속삭임은
아롱다롱 이야기꽃 피우며

사그락 사그락 밟히다
코끝에 아롱아롱 맴도는
향기

시원한 맛

목 넘김 부드러워

외로움의 갈증 풀어 간다.

박덕은 作 [커피·4](2021)

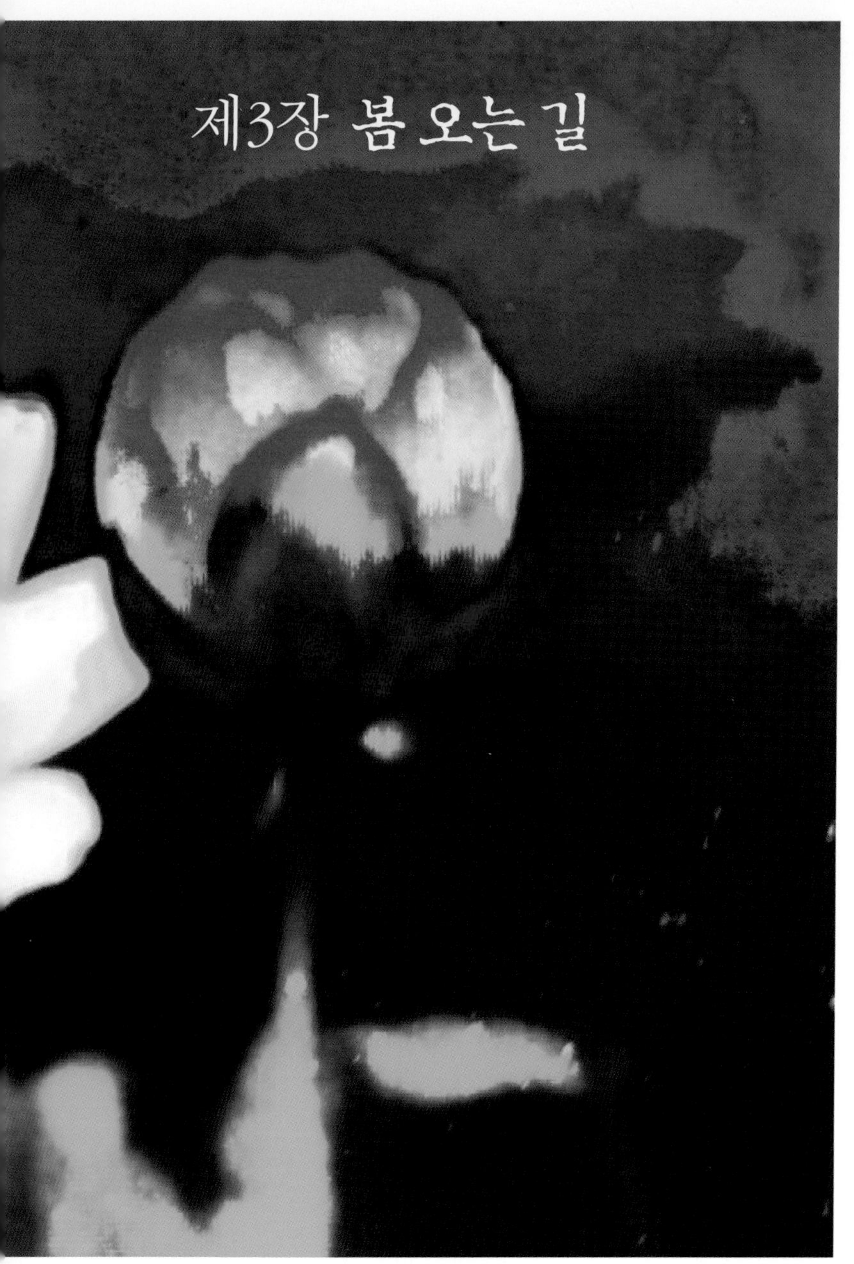

박덕은 作 [아름다움](2021)

가을 정경

은행나무가
노란 여백의 붓으로
들녘에 가을을 그린다

살랑살랑 춤추는 바람꽃은
흔들거리는 빨강 하양 연분홍의
가냘픈 어깨춤 사이로
꽃물 든 단풍 수놓는다

소복이 핀 들국화 향기는
활짝 웃는 사이로
골목 가득 퍼져 나간다.

박덕은 作 [가을](2021)

연어

희망의 나래 펴고
바다 향해
새싹 같은 새끼들이 헤엄쳐 간다

닥쳐오는 삶의 터전은
전쟁터
얼마나 가슴이 콩콩 뛰었을까

살기 위한 몸부림
쫓고 쫓기며
숨 돌릴 기력 빠졌을 때조차도

돌아가야 할 고향 생각에
질긴 운명 붙잡고
방망이질 소리 뛰는 가슴 삭히며

희망 잡아
다시 일어서기를

몇 십 번

엄마 부르는 소리 따라
타향살이 고단함 풀어놓고
목소리 길 따라

화살처럼 달려온다
보금자리에 꿈 심고
왕성한 족보계를 쓰려고.

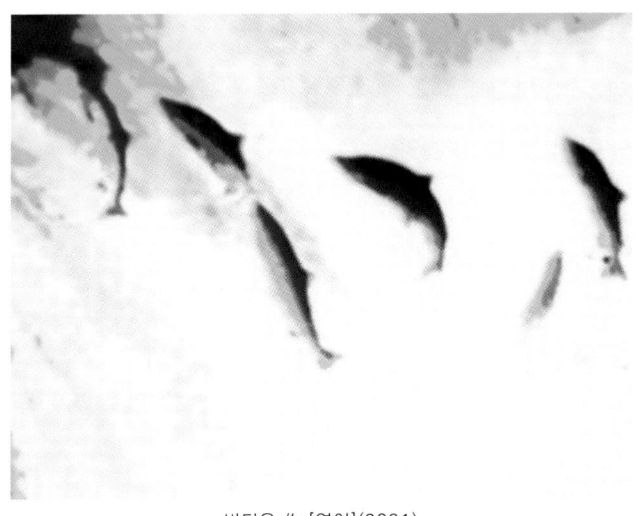

박덕은 作 [연어](2021)

비금도

엄마는 바다다
치맛자락 잡고 어리광부리면
부엌에서는 뭔가 꼭 나온다

염전은
하얀 메밀꽃처럼 흐드러져
반짝반짝 빛난다

비상을 준비하는 독수리 모습
새파란 생금밭은
나비처럼 날아 돌아오고

배가 끌고 온
바다 내음은
짭쪼롬한 맛 깊은 향 품는다

항구 없는 마을에 퍼붓는 물결
굼실굼실 출렁거리는 파도

각자의 집으로 펴 간다

숙성된 파도가
고향을 잊어 갈 때
옛 향기 담은 추억 깨워

간장 담그고
김칫감도 절여서
날마다 바다의 추억 먹고 살아간다.

박덕은 作 [비금도](2021)

봄·1

방어막 하얗게 겹겹이 쌓아놓고
칼바람 앞세우는 겨울 끝

저만치서 너울너울
바람과 그네 뛰는 버들 아씨

가지마다
고운 연둣빛 물고 서 있다

개나리 노랑빛
밤새워 물어오는 물안개

흐드러지게 핀 들꽃들의 향기
두루 퍼지는 들녘

풀꽃잎 한 잎 두 잎
곱게 접어

그리운 님에게
꽃 편지를 보내면

제비가 답장 물어오겠지
우체통도 꽃인 양 덩달아 단장한다.

박덕은 作 [봄·1](2021)

봄·2

때늦어 허둥대지 말고
빛바랜 낮달처럼
민낯을 구름 속에 숨기지 말고

이슬비 머리에
초롱초롱 흰 구슬 이고
사푼사푼 꽃신 신고 실바람 타고 온다

연둣빛 치마 열두 폭 펼쳐
아지랑이 물든 들녘에
샛노란 저고리 살랑살랑 춤추는 버들가지

님 그리워
아롱아롱 타는 노을

솔개가 하늘 자락 맴돌자
어미닭의 비상벨
다급해 꼬꼬 부르니

고물고물 노닐던 병아리들
갑옷 두른 품속으로 밀물처럼 스며든다.

박덕은 作 [봄·2](2021)

황룡강

어등산 허리 잡고
유유히 흐른다

밤마다 내려앉은 별들의 푸른빛
결투처럼 날카롭다

새우 잡던 아낙네는 어디로 가고
안부조차 물을 데 없다

반딧불이 하늘로 날아오르고
어람 물 흔들리는 소리만 요란하다

아픔도 있으련만 어머니 가슴처럼
서서히 흘러간다.

박덕은 作 [황룡강](2021)

겨울비

연못엔
콩 튀듯 퐁퐁퐁
물방울 튀기고

설매화 발에도
사분사분
늘푸른 솔잎에도
송알송알 맺힌 방울

그렁그렁
서러움은
발밑까지 구른다

산, 들 배부른 저녁녘
생명들 꼬물꼬물 생기 얻어 가는 길목

안개처럼 잔물방울 보리밭 고랑에 스며들어
스멀스멀 파란 힘 돋우어 봄길 들어선다

박덕은 作 [겨울비](2021)

바다 · 1

큰 등에
물비늘 반짝반짝

파도가 부서진다
매번 저리 스러져 가도
다시 되온다

출렁이는 물살에
모래들의 속삭임 지난 자리
새들의 발자국으로 지우고
밤새 자장가로 재운다

기다림의 시간은
끝없이
얼룩진 묵은 향만 전한다

갯바위에 부딪혀 부서지고
깨진 아픔을

파도 소리로 토해내어

되살아온 추억 그리며
철썩철썩
사랑 노래 구성지게 부른다.

박덕은 作 [바다·1](2021)

바다 · 2

여수에서 온다
출렁거리며 식탁 위에 오른다
낚싯대로 끌어올린 그 물결
금방 튀어 오른 것 같은 조기
흐물흐물 뻘발 오르는 문어
은빛 단장에 날씬한 몸매로
파닥이며 푸른 물결 누빈다
시장 들러 묻어 온 할매새우가
파르르 떨며 웅크린다.

박덕은 作 [바다·2](2021)

첫눈

직녀의 베틀 소리
사그락 사그락
나뭇가지마다
갓난아이 배냇저고리
곱게 입혀 준다.

박덕은 作 [첫눈](2021)

귀또리

너른 세상 구경하러
들 찾아가고
온 들 떠돌다
방랑 생활에 지쳐
서글픈 울음 운다

가을빛 찰랑대는 날
님 찾아 돌아와
뜰 아래 잡은 터
홀로 앉아 운다

어스름 달빛도
서산 넘어가고
어둠 덮인 적막한 밤에
날개 접어 부딪히고 긁혀
멋진 휘파람 분다

귓전에 들려오는

그 연가로
빈 가슴 채운다

이슬 젖은 풀섶에서
옥구슬 굴리는 듯한
그 아름다운 소리에 애끓는다.

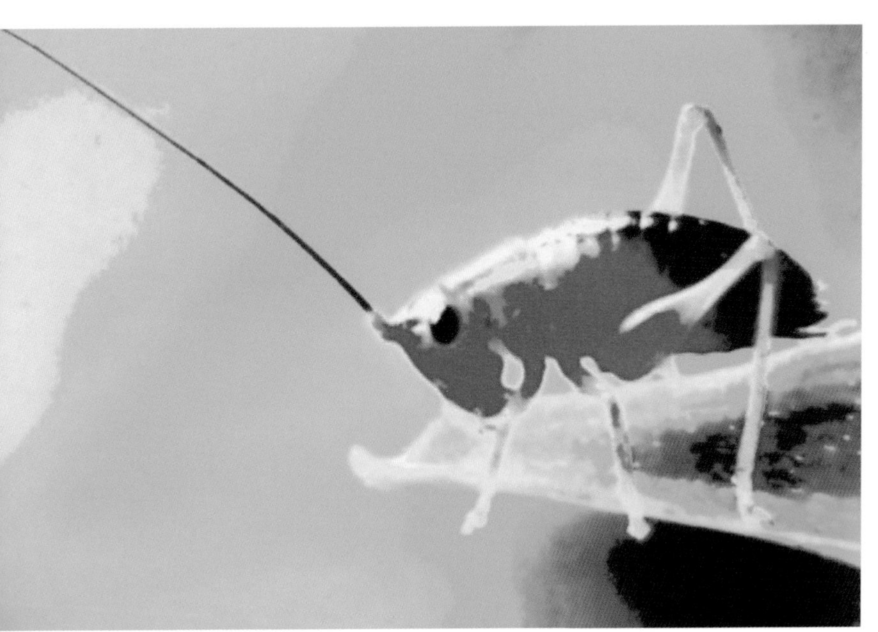

박덕은 作 [귀또리](2021)

가을 향기

먼산 바라보니
마음 절로 고요하다

파란 하늘 저 흰구름
피고 지는 꽃이련가

자연이 어우러진 계절에
색종이 오려 날리듯
단풍잎 곱게 쌓이고
보고 싶어하는 마음 자극한다

국화꽃 한아름 당신 곁에 둔
이 가을
향기 더욱 아름다워
그 곁에 머물고 싶다.

박덕은 作 [마음의 고요](2021)

새벽숲

푸른 내음에 이끌리어
산으로 가고
이슬에 젖은 풀잎마다
싱그러운 이른 새벽
깨우는 바람 스침에
날 듯이 숲속으로 달린다

언덕배기 오르내리며
마음의 씨앗 하나
꼭꼭 심어 놓고
단풍잎 곱게 물들면
입석대에 꼭 올라 보리

먹은 맘 내게 준 선물
억새의 야윈 모습 눈물겹고
무등산에 눈꽃 피면
보석보다 아름다운
눈꽃을 안으리

생각만 해도 벅찬
눈 쌓인 무등산
비록 향기 없어도
눈꽃이 나는 좋더라.

박덕은 作 [눈 쌓인 무등산](2021)

부엉이 우는 밤

밤하늘 별 헤며
이 밤 그려 보니

부엉이 울음소리
가슴 설레게 한다

먼 길 떠난 님
연서라도 보내 볼까

긴긴밤 다독이다
국화주 잔 들어

노란 꽃송이에 취해
넋두리나 보내 볼까.

박덕은 作 [부엉이](2021)

뭉게구름

장대비 그친 뒤에
하늘 더 푸르고

목화송이 하늘에
뭉실뭉실 피는 날

눈물 젖은 손으로
한아름 안으려니

애꿎은 비바람만
서쪽하늘 거닌다

타다 남은 노을이
가슴속 태워 버리자

아쉬움 삭인 그리움
뭉게뭉게 피어난다.

박덕은 作 [뭉게구름](2021)

봉선화 꽃물

여름 장독가 아담한 봉선화
쏟아질 듯 곱게 피면
언니는
봉선화잎 한 장씩 따서
몇 밤 동안
봉선화 꽃을
손가락 하나 하나에 묶어
손톱에 빨갛게 꽃물 들이면
너무 곱고 고와
가슴 설레고
손톱이 반달처럼 예쁠 때
언니는 연지곤지 찍고
국화꽃 향기에 가을이 익어 갈 때쯤
예쁜 신부 되어 시집갔다네.

박덕은 作 [봉선화](2021)

초가을

계절은
코스모스 향기 따라
길 찾아오고

달빛 젖은 풀잎마다
소롯이
추억 물들며

뜰에 스민 귀또리 울음소리
구름 모아 재촉하더니
외로이 홀로 거닌다.

박덕은 作 [코스모스](2021)

눈 오는 밤·1

노을빛 잠들자
흐려진 하늘

매운 바람 휘감아
헤매 도는 들녘

메마른 빈 가지마다
어깨 들썩이며

울음 끝에 서러움
소복 소복 덮인다

대숲에 핀 송이 송이
별빛 되어 반짝반짝

님 오는 그믐밤
등불 높이 들어 밝게 밝히리.

박덕은 作 [눈 오는 날](2021)

눈 오는 밤·2

함박꽃잎 소복소복 덮이는 밤
박꽃도
지붕 위에 흐드러지게 피었다

적막 가르는
부엉이 울음소리
무겁게 내려앉은 숲속

초롱초롱 별빛마저 숨어 버려도
빈 하늘은 구름의 터 되어
자유로이 그림 그린다

몰아치는 바람도
잠자듯 숨 고르면
칠흑 같이 어둔 추억의 밤을
수국꽃이 하얗게 밝힌다.

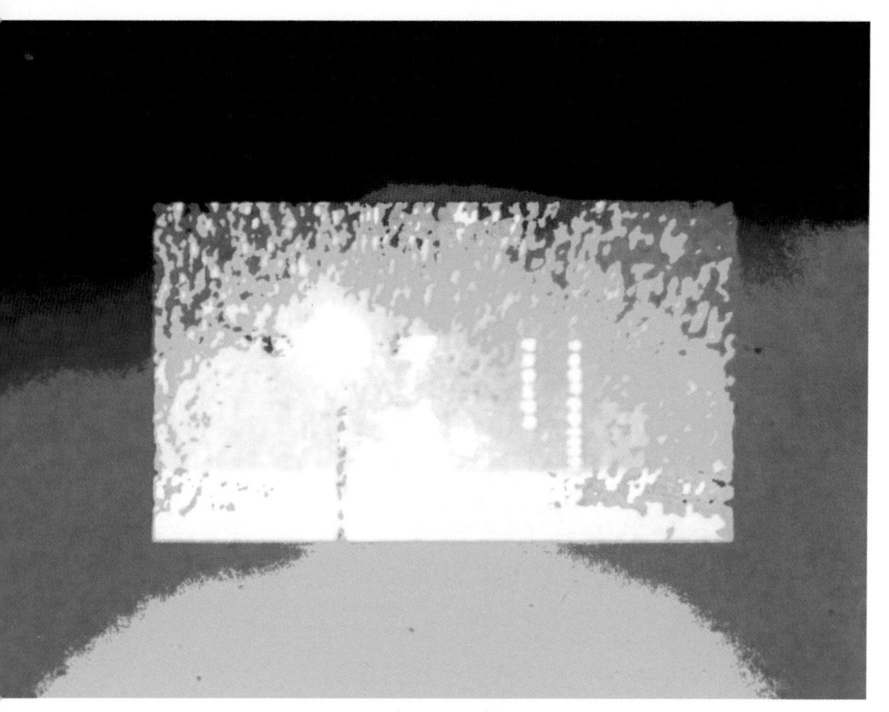

박덕은 作 [눈 오는 밤](2021)

만추의 밤

바람이 창문 두드려
살며시 창가에 기대서니
밤하늘 별빛들
나지막이 사랑 노래 부른다

애기바람이 향기 끌고
창가로 스며들 때
잠시 생각에 잠긴다

님이 심어 논 노란 국화
저리 흐드러지게 피어
서리에 눈시울 적시고 있다

님 기다리는
안타까운 마음
바람에 떨며 한마디

눈 이불 걷히고

내년 봄 뻐꾸기 울거든

한데 어울려 노닐어 보자.

박덕은 作 [국화](2021)

봄 오는 길

주섬주섬 챙겨든 손
꽃물이 들어간다

아지랑이 들로 내려오고
산과 들은
파릇파릇 살이 오른다

아이들이
재잘재잘 나물 캐러 가면
햇살이 어린 손등에
입맞춤해 주며 술래잡기한다

낮잠 자던 개구리
부스스 눈뜨더니
헐떡대며 파닥파닥 뛰어간다

발고랑에 들꿩
소란스럽게 푸드득

소리 치며 날아오르자
아이들 깜짝 놀라 넘어진다

보랏빛 제비꽃
수줍은 미소 짓고
덩달아 피어나는 들꽃들이
매운 바람에 향기 실어 보낸다

이제 곧
강남 제비도
옛집 찾아오겠지.

박덕은 作 [봄 오는 길목](2021)

메타세쿼이어 길

티 없이 맑은 하늘 아래
들국화 하늘하늘 춤추는 들녘

차창 너머 아름다운
코스모스 꽃길

나들목 놓쳐서 예쁜 너희들
매미 소리 잠시 멈춘 숲은
살금살금 나뭇잎 끝에
갈색 스미는 향기를 재촉한다

햇살이 남긴 그림자
두 줄로 나란히 서 있는 공룡나무 뒤
누군가의 모습이 기다린 것 같아
꿋발로 조심조심 살짝 와 보니
그 모습 어디에 숨겼나
갈바람 외로움 빈 가슴 한 자락에
둥지 틀고 간다.

박덕은 作 [메타세쿼이어 길](2021)

소쇄원 대봉대에서

대봉대 올라서니
기다림이 서성이고 있다

내려 보이는 입구에
옷자락 휘날려
시 한 수 읊어보고 술 한 잔 마신다

물소리 장단에 취임새 너울너울
기다린 외로움
한바탕 웃음으로 지우고

술 한 잔 다시 들어
취기 감도니
봉황의 날개 위에
푸른 꿈 실어보낸다.

박덕은 作 [소쇄원](2021)

가을밤

단풍잎 붉게 물드니
호수도 덩달아 물든다
물결이 흔들리니
단풍잎도 덩달아 춤춘다
개울가 구절초 흐드러져
개울물 저리 노랄까
살랑대는 갈바람
신바람나 향기 나르고
깊어 가는 가을밤
싸늘히 부는 한 줄기 추억
옷깃 여미며
가로등 밑 그림자로 서 있다.

박덕은 作 [가을밤](2021)

초가을에

울긋불긋
코스모스 곱다
가슴 활짝 열어
무지개 토해내어
쪽빛 하늘에
쌍무지개 펼쳐 놓고
그리움 곱게 그려 놓으니
노을은 환상의 하늘을
더욱 붉게 물들여 놓는다.

박덕은 作 [초가을](2021)

한실 문예창작 문우들의 작품집

오늘의 詩選集 **Series**

오늘의 詩選集 제1권

화장을 지우며
강만순 지음 / 144면

오늘의 詩選集 제2권

또 한 번 스무 살이 되고 싶은 밤
김숙희 지음 / 160면

오늘의 詩選集 제3권

사랑의 빈자리 될까 봐
박완규 지음 / 144면

오늘의 詩選集 제4권

유모차 탄 강아지
김미경 지음 / 112면

오늘의 詩選集 제5권

이 환장할 봄날에
신점식 지음 / 176면

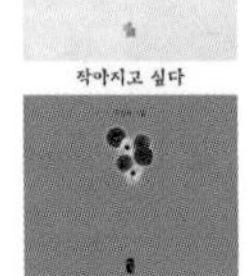

오늘의 詩選集 제6권

작아지고 싶다
주경희 지음 / 176면

오늘의 詩選集 제7권

가을은 어디나 빈자리가 없다
전금희 지음 / 176면

오늘의 詩選集 제8권

쓸쓸함에 대하여
이후남 지음 / 176면

오늘의 詩選集 제9권

바람이 열어 놓은 꽃잎
문재규 지음 / 220면

오늘의 詩選集 제10권

단 한 번 사랑으로도
이호근 지음 / 176면

오늘의 詩選集 제11권

할 말은 가득해도
최승벽 지음 / 176면

오늘의 詩選集 제12권

비밀 일기
박봉은 지음 / 176면

오늘의 詩選集 제13권

꽃만 봐도 서러운 그날
한실 문예창작 동인지 제8집

오늘의 詩選集 제14권

마냥 좋기만 한 그대
최기숙 지음 / 176면

오늘의 詩選集 제15권

풀꽃향 당신
김영순 지음 / 176면

오늘의 詩選集 제16권

유리인형
박봉은 지음 / 176면

오늘의 詩選集 제17권

보고픔이 자라고 자라서
한실 문예창작 동인지 제9집

오늘의 詩選集 제18권

첫사랑
김부배 지음 / 176면

오늘의 詩選集 제19권

나는 매일 밤 바람과 함께 사라진다
박덕은 지음 / 240면

오늘의 詩選集 제20권

오늘도 걷는다
유양업 지음 / 176면

오늘의 詩選集 제21권

내 사람 될 때까지
전춘순 지음 / 176면

오늘의 詩選集 제22권

처음 사랑
한실 문예창작 동인지 제10집

오늘의 詩選集 제23권

당신에게·둘
박봉은 지음 / 176면

오늘의 詩選集 제24권

그 누가 다녀간 것일까
전금희 지음 / 206면

오늘의 詩選集 제25권

한 잔 술에 가둘 수 없어
이후남 지음 / 164면

오늘의 詩選集 제26권

그리움 머문 자리
이인환 지음 / 176면

오늘의 詩選集 제27권

사랑의 콩깍지
김부배 지음 / 176면

오늘의 詩選集 제28권

사랑은 시가 되어
최길숙 지음 / 176면

오늘의 詩選集 제29권

그리움이라서
이수진 지음 / 176면

오늘의 詩選集 제30권

그리움 헤아리다
배종숙 지음 / 176면

오늘의 詩選集 제31권

아직 끝나지 않은 이야기
장헌권 지음 / 176면

오늘의 詩選集 제32권

마냥 좋아서
한실 문예창작 동인지 제11집

오늘의 詩選集 제33권

그리움의 언덕에 서다
김부배 지음 / 176면

오늘의 詩選集 제34권

사찰이 시를 읊다
이수진 지음 / 176면

오늘의 詩選集 제35권

그대는 나의 누구인가
한실 문예창작 동인지 제12집

오늘의 詩選集 제36권

사랑은 감기몸살처럼
박봉은 지음 / 176면

오늘의 詩選集 제37권

그때는 몰랐어요
정주이 지음 / 176면

오늘의 詩選集 제38권

몰래 한 사랑
조정일 지음 / 192면

오늘의 詩選集 제39권

여백의 미학
한실 문예창작 동인지 제13집

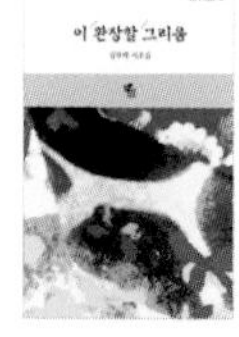

오늘의 詩選集 제40권

이 환장할 그리움
김부배 지음 / 164면

오늘의 詩選集 제41권

지금도 기다릴까
유양업 지음 / 166면

오늘의 詩選集 제42권

사랑하기까지
한실 문예창작 동인지 제14집

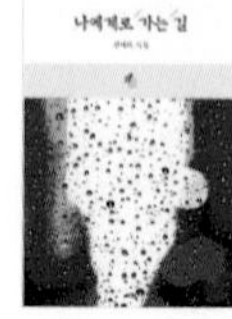

오늘의 詩選集 제43권

나에게로 가는 길
전예라 지음 / 176면

오늘의 詩選集 제44권

지금 여기에
이양자 지음 / 184면

오늘의 詩選集 제45권

또 하나의 나
이명순 지음 / 176면

한실 문예창작 동인지

한실 문예창작 동인지 제1집
『한꿈』

한실 문예창작 동인지 제2집
『한꿈』

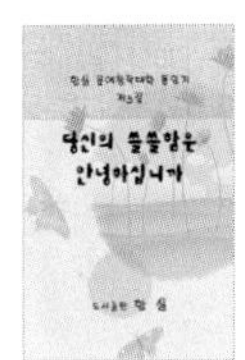

한실 문예창작 동인지 제3집
『당신의 쓸쓸함은 안녕하십니까』

한실 문예창작 동인지 제4집
『목련은 흔들리고 있다』

한실 문예창작 동인지 제5집
『그래도 한쪽 가슴은 행복합니다』

한실 문예창작 동인지 제6집
『좋은 걸 어떡해』

한실 문예창작 동인지 제7집
『아직도 사랑인가 봐』

한실 문예창작 동인지 제8집
『꽃만 봐도 서러운 그날』

한실 문예창작 동인지 제9집
『보고픔이 자라고 자라서』

한실 문예창작 동인지 제10집
『처음 사랑』

한실 문예창작 동인지 제11집
『마냥 좋아서』

한실 문예창작 동인지 제12집
『그대는 나의 누구인가』

한실 문예창작 동인지 제13집
『여백의 미학』

한실 문예창작 동인지 제14집
『사랑하기까지』

한실 문예창작 동인지 제15집
『시의 집을 짓다』

오늘의 수필집 Series

오늘의 수필집 제1권

그곳 봄은 맛있었다
최세환 지음 / 288면

오늘의 수필집 제2권

바람 따라 구름 따라 별빛 따라
유양업 지음 / 288면

오늘의 수필집 제3권

행복한 여정
유양업 지음 / 304면